Rhewyn
Lliwen
Ianto
Calan
Iâna

RHEWYN

A'R CÔRACHOD

I Bleddyn a Myfyr, ein corachod bach ni...
ac i bob corrach sydd wedi cael ei roi yng nghefn y côr i feimio!

Argraffiad cyntaf: 2025

Dymuna'r cyhoeddwyr gydnabod cymorth ariannol Cyngor Llyfrau Cymru.

Rhif llyfr rhyngwladol: 978 1 80099 750 9

Cyhoeddwyd ac argraffwyd yng Nghymru
gan Y Lolfa Cyf., Talybont, Ceredigion, SY24 5HE
e-bost: ylolfa@ylolfa.com
y we: www.ylolfa.com
ffôn: 01970 832304

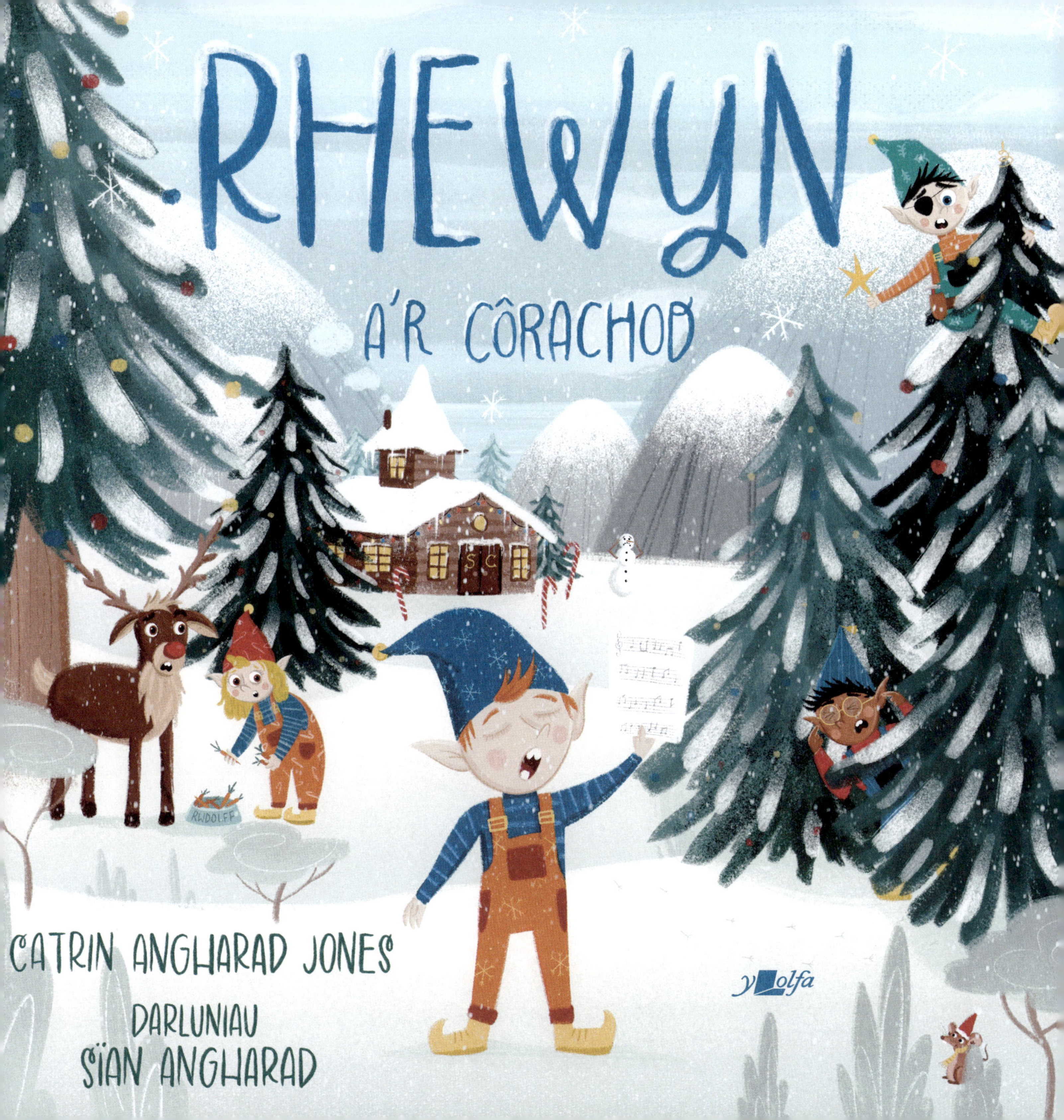
RHEWYN
A'R CÔRACHOD
SC
RWDOLFF
CATRIN ANGHARAD JONES
DARLUNIAU
SÏAN ANGHARAD
y lolfa

Os ewch chi, fis Rhagfyr, i Begwn y Gogledd,

Mae gweithdy Siôn Corn yn llawn synau bach rhyfedd.

Fe glywch ar y gwynt – dim ond i chi wrando...

Sŵn tincial morthwylion,

sŵn llifio a chnocio.

Y brwshys paent lliwgar sy'n

slwshian

a

sloshian,

A'r cyfrifiaduron yn

plincian

a

phloncian.

Ond ar ôl i'r hen Siôn gloi'r drws, fel yr arfer,
Daw synau anhygoel o'r neuadd ymarfer.

Mae pawb (ar ôl sipian eu siocled poeth hynod)

Yn canu yn llon...

Dyma gôr y Côrachod.
Gall POB corrach bach ganu'n ddel ar ei nodyn,

Pob un â llais pêr,
Pob un heblaw...

Rhewyn.

"Tra la la,
Ba ram ba,
Ffa la la,
Hw haaaaa!!"

Mae'n ceisio ei orau,
ond nid yw'n un da.

"Wel! Allwn ni ddim cael sŵn drwg yn y côr!"
"Mae'r Côrachod yn enwog dros dir a môr!"
"Mae ein cyngerdd Nadolig ar ddiwedd yr wythnos."
"A phawb yn dod draw o Hong Kong i Barbados!"

“Beth am i ti drio ymarfer… **TU ALLAN?**”

medd Ianto’r côr-feistr a’i faton yn chwifian.

Mewn cae wrth y gweithdy mae'r ceirw'n ymlacio.

"Mi gana i'r rhain!"
meddai Rhewyn gan floeddio.

"DymuuUUUNwwn
NadOOOlig LlaAAAweeeen!

Dymuuunwn
NadOOolig LlaaaWWEEeen!"

Ond dychryn mae'r ceirw nes rhedeg i'r bryniau,
A rhai'n gorfod stwffio eu moron i'w clustiau!

“Dwi’n codi bwganod ar gôr y Côrachod,
A’r ceirw, mewn syndod, yn tynnu eu tafod!”

A'i ben yn ei blu, mae'n dilyn yr afon,
Nes gweld un arth wen gyda'i babi bach bodlon.

Mae Mami yn swyno ei babi i gysgu.

“Mi gana i gân... dwi’n siŵr alla i helpu!”

Ond dychryn mae'r fechan, gan neidio i fyny.
"O Mam, dyna sŵn! Dyna hyll! Mae'n ofnadwy!"

"Dwi'n codi bwganod ar gôr y Côrachod,
A'r ceirw, mewn syndod, yn tynnu eu tafod,

A'r arth fach yn gwrthod rhoi siawns i mi ddarfod!"
medd Rhewyn bach, wedi cael llond bol yn barod.

Mae'n cyrraedd y môr ar ôl mymryn o grwydro

A hwnnw fel sidan yn siffrwd a sgleinio.

“Mi gana i gân i’r morfilod gael dawnsio!”

Ond dychryn mae'r teulu a phlymio ar ras
Yn ddwfn dan y môr rhag y canu mawr cras.

“Dwi’n codi bwganod ar gor y Corachod,
A’r ceirw, mewn syndod, yn tynnu eu tafod,

Mae’r arth fach yn gwrthod rhoi siawns i mi ddarfod,
A theulu’r morfilod yn plymio i’r gwaelod!”

Mae'n troi tuag adra, trwy ogof fawr hir.

Yr hen Igam-Ogof sy'n brydferth yn wir.

Y waliau fel gwydr yn glir ac yn lân.
“Does NEB yma i gwyno os gana i gân!”

"SÊÊR y nOOOs yn gWEEEEnu,
CLYYYchau Llon yn cAAAaanUUUU!"

A chrynu mae'r waliau! Mewn eiliad, mewn winc
Disgynna'r pibonwy â'u **TINC, TINC, TONC, TINC.**

"Am synau anhygoel!"

Mae'n llenwi ei haffla,
Yn cydio'n y cwbl a rhedeg am adra.

Mae'r ceirw yn gwrando
ar sŵn y morthwylio,

Sŵn brwshys paent prysur,

a sŵn y bocs llifio...

"Dyma ti!" gwaeddodd pawb, wedi poeni amdano.

"Nid canwr ydw i, mae'n ddrwg gen i, Ianto.

Ond...” meddai Rhewyn â gwên o lawenydd,
“Mae’n rhaid i’r Côrachod gael chwip o gyfeilydd!”

Mae pawb wedi tyrru o bell, mewn rhyfeddod,
I gyngerdd Nadolig gwerth chweil y Côrachod.

Fe fydd PAWB heno'n sôn
am gôr y Côrachod... a'r Pibonoffôn!

CYNGERDD NADOLIG Y CÔRACHOD

Gweithdy Siôn Corn
Rhagfyr 20fed am 7 o'r gloch

Côr-feistr: Ianto
Addurno'r Neuadd: Celyn a Calan
Rheolwr Llwyfan: Sgriws
Goleuo a Sain: Sbarci

Eitemau:

Y Côrachod
"Dawel Nos"
"Pwy sy'n dŵad dros y bryn?"

Eirwen a Iâna
Dawns y plu eira

Lliwen a'r ceirw
Jyglo peli eira

Y Côrachod
"Sêr y nos yn gwenu"

Rhewyn
Unawd ar y Pibonoffôn

Aeron a Sbarci
Sioe hud a lledrith

Diweddglo
"Dymunwn Nadolig Llawen"

Mins pei a siocled poeth i bawb ar ddiwedd y cyngerdd.
Nadolig Llawen i chi i gyd!

I wrando ar gân Rhewyn, dilynwch y cod QR yma:

Ceir gweithgareddau a phecyn athro i gyd-fynd â'r llyfr ar wefan y Lolfa.

y Lolfa

www.ylolfa.com

Yr Awdur:
Yn enedigol o Lanbedrgoch, Ynys Môn, mae Catrin Angharad Jones wedi ymgartrefu bellach yng Ngaerwen gyda'i gŵr Rhys a'i phlant, Bleddyn a Myfyr.

Gweithiodd fel athrawes am chwe blynedd cyn mynd i weithio'n llawrydd. Mae bellach yn gerddor a chydlynydd prosiectau celfyddydol amrywiol, ac yn Swyddog Ymbweru Bro i gwmni Golwg.

Mae hi'n arwain dau gôr ar yr ynys, sef Côr Esceifiog a Hogia Llanbobman, ac wedi cyhoeddi caneuon plant a deunydd corawl gyda Chwmni Cyhoeddi Gwynn a Curiad.

Y Darlunydd:
Cychwynnodd Sïan Angharad ei gyrfa yn y byd teledu yn 2014 yn y maes ôl-gynhyrchu, lle bu'n creu teitlau agoriadol ac animeiddio ar gyfer rhaglenni S4C a BBC.

Yn wreiddiol o Foelfre, Ynys Môn, symudodd i Gaerdydd yn 2023 a bellach mae'n gweithio mewn adrannau celf teledu a ffilm fel dylunydd graffeg. Enillodd "Gwobr Arian am Ddylunio" yn y World Rum Awards yn 2022 a chyrhaeddodd restr fer gwobr "Clawr Llyfr Plant y Flwyddyn 2025".

Ei hoff brosiectau yw dylunio brandiau bwyd a diod, a darlunio llyfrau plant. Pan nad yw'n gweithio, mae hi'n crwydro'r mynyddoedd neu ar gefn beic mynydd!

JÔCS NADOLIGAIDD

Pam fod dyn eira yn gwisgo het?

Am fod ei ben o'n oer!

Beth ddywedodd y goeden Nadolig wrth y celyn blin?

"Bobol bach, rwyt ti'n bigog heddiw!"

Pam fod morfilod yn nofio?

Am eu bod yn rhy drwm i hedfan!

Ble mae ceirw yn mynd ar eu gwyliau?

I'r Carwbî!

Mewn beth mae Siôn Corn yn rhoi presantau plant Cymru?

Mewn Ho-Ho-Hosan Nadolig!

Hefyd gan yr awdures:

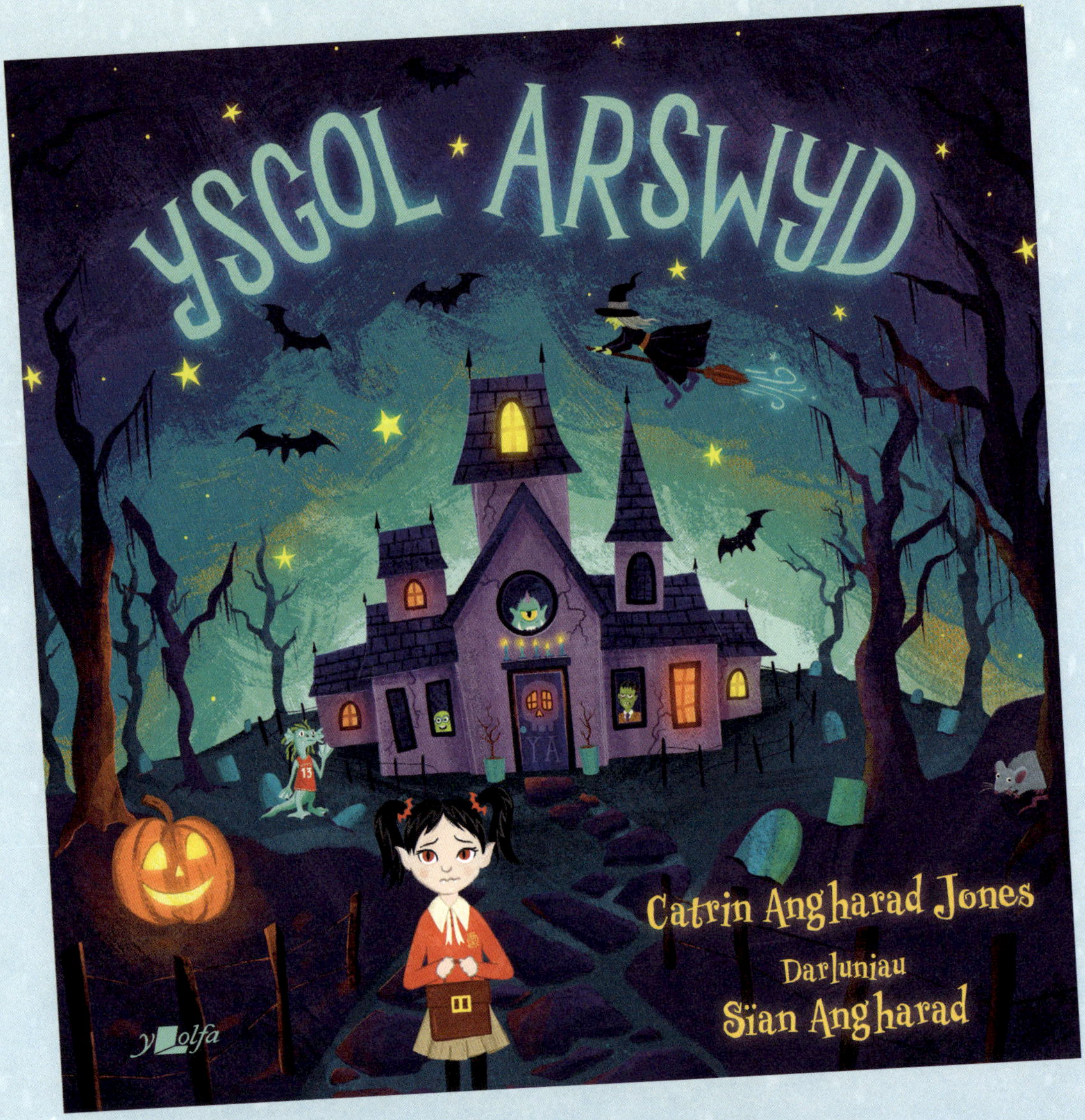

£7.99

www.ylolfa.com

Sbarci
Sgriws
Eirwen
Aeron
Celyn